# 따스한 산책

# 따스한 산책

**펴 낸 날** 2024년 01월 19일
**2쇄 펴낸날** 2024년 02월 20일

**지 은 이** 조태궁
**펴 낸 이** 이기성
**기획편집** 서해주, 윤가영, 이지희
**표지디자인** 서해주
**책임마케팅** 강보현, 김성욱
**펴 낸 곳** 도서출판 생각나눔
**출판등록** 제 2018-000288호
**주    소** 경기도 고양시 덕양구 청초로 66, 덕은리버워크 B동 1708호, 1709호
**전    화** 02-325-5100
**팩    스** 02-325-5101
**홈페이지** www.생각나눔.kr
**이 메 일** bookmain@think-book.com

• 책값은 표지 뒷면에 표기되어 있습니다.
  ISBN 979-11-7048-658-9 (03810)

# 따스한 산책

조태궁 시집

생각나눔

## 프롤로그

누구나 삶의 노래가 있다. 힘껏 불러보고 싶어도
숨죽여 가슴에 담아두기만 할 때도, 모든 이에게
'나 이렇게 아팠어.' 외치고 싶을 때도,
'나 너무 행복해.' 이야기하고 싶을 때도.
30대 샐러리맨에서 30 후반 사업가로, 50대 초반 다시
샐러리맨으로 살아가고 있는 두 딸을 둔 59세 평범한
직장인입니다.
평범한 일상의 소재가 따스한 산책길을 열었습니다.


23. 12. 4. 월요일 4:40 AM
따스한 산책 시집에 앞서

# 목차

## 제1장 습작기 힘겨운 삶의 문턱 넘어

## 제2장 울타리 속 응원

## 제3장 피어나는 감성의 자국들

## 제4장 부딪히는 일상에서

## 제5장 언제나 따스한 감성으로 세상 들여다보기

## 제1장

# 습작기 힘겨운 삶의 문턱 넘어

# 새순('13. 3. 1. 오전 사무실 행복나무 새순 보고)

어느새 피어오른 사무실 새순
12년 이삿날 내 곁에 왔는데
긴긴 겨울이 무척 답답했었나 보다
아님 밖으로 나오기 위해
긴긴 시간 안간힘을 썼나 보다

행복나무 새순
바라보는 이의 기쁨이네
봄을 알리는 전령사처럼
피어오른 새순의 잎새는
생명의 힘이 넘쳐흐른다

밖의 봄보다 아늑하지 못한
척박한 안의 봄이 더 빠르구나

새순아 새순아 그 모습 오래 간직하렴
새순아 새순을 보는 오늘
새순처럼 피어오른 행복한 날
새순의 날

## 벼랑 끝에서('13. 3. 6. 오후 어려운 날에)

우리가 한 울타리 공존하면서도
자기 외의 일들엔 관심이 없다
그만큼 각박한 곳
미담을 나눌 여유 없이 꾸물거린다
옆에서 서 있는 이가 어디가 얼만큼 좋은지
아픈지 모르게
어쩜 아픔을 어루만져 주는 것을 싫어하니까
감추고 싶어 하니까 그런지 모른다

그래서 좋을 땐 너두 나두 시끌하지만
아프고 힘들 땐 고독해지고 성숙해진다
벼랑 끝에서 보이지 않는 바닥을 바라보고
뛰는 용기는 신의 용기다
그래서 뛰는 이는 신이 되지 않는가?

어려움이 극에 달해
앞이 안 보이는 이것 앞에서
1%의 가능성으로 몸서리쳐본 적이 있는가?
수없이 반복되는 꼬여있는 매듭 앞에서
번민하는 모습에

눈가에 맺히는 이슬을 보았는가?

움츠러든 어깨에
그리 많던 이들이
낯선 이들이 되고
홀로된 모습은 벼랑 끝만큼 슬프다

내가 아는 이 한 줌 재 되어
벼랑에 날리고
벼랑 끝에서 서 있는 나에게
내 따스한 마음과 힘찬 용기를 주고 싶다

벼랑 앞에서 나에게 나만 줄 수 있다
이기고 훌훌 털고 비상하라!

# 엔돌핀 생기는 날<sup>('13. 3. 9. 오후)</sup>

꿈을 가지고 꿈꾸는 날
오랜 기다림 속에 소중한 만남이 이루어진 날
슬픔이 기쁨으로 바뀐 날
건강이 이상하단 검진이 오진인 날
하고 싶은 것 맘껏 해본 날
계획한 대로 목표를 이룬 날
성과급 받기로 한 그 날
불행 끝 행복 시작된 날
우리 모두는 엔돌핀 생기는
이 모든 날에 환한 웃음 짓는다
엔돌핀 생기는 날

# 기다린 만남('13. 3. 9.)

누군가를 보고플 때 우리는 그가 오길 기다린다
아주 많이 보고프면 그를 찾아 나선다
꼭 만나야 하는데 시간이 지체되어
변경되었을 때
설레는 마음을 잠재우기란 쉽지 않다
기다린다는 것은 그리움이다
만남을 위한 기다림
그리운 기다림은 그가 좋은 것이다
한편에서 아니라 변명하지만
기다린다는 것은 그만한 그리움이 있고
못다 한 얘기의 끝이 있기 때문이다
기다린 만남은 너무 감미롭고 포근하다
사랑스럽다
누군가와의 만남을 기다려 본다는 것은
행복한 웃음의 시작이다
기다렸고 만남이 이루어진 날은
환한 세상이 된다

## 사랑스런 밤('13. 3. 12. 00:30 AM)

오늘 이 밤의 이 느낌을 사랑이라 하자
이 밤의 이 고요를 보고픔이라 하자
희망이라 하자
사랑이 있고 보고픔이 있고 희망이 있는 이 밤
초롱초롱한 별님 달님도 응원하는 밤
세상에 어떤 것과도 바꿀 수 없는 밤이다

긍정의 상상만 해도 힘이 솟아
심신의 리듬 경쾌하게 하는 것과 같은 이 밤

사랑과 보고픔을 아니 미래의 희망을 그리니
하루 피로가 녹아버리는 이 밤

이 고요 속에서 또 다른 희망을 본다
정말 사랑스런 밤이다

# 당좌 막는 날('13. 4. 1. 집에서)

오전부터 지랄이다
생난리가 난다
들어오는 것은 안 들어오고 나갈 것은
나가야 하며
발행하여 은행에서 입 벌리고 있는 통장에
채워주지 않으면
그것은 사회에서 꼬두발이 인생이 되는 것
그전에 잘한 것 아무 소용 없다
오늘 이 시간 안에 그 벌리고 있는 입에
넣어주지 못하면 거지만도 못하게 된다
모든 것이 일순간에 날아가는 것
그것은 두려움이다
사업이랍시고 하면서 여유가 없으면
당좌 막는 날 염라대왕만큼 두렵다
월말만 되면 사방에서 퍽퍽 소리 들린다
경기 좋을 땐 짝짝 박수 소리 가득했는데
쓰러지는 이의 아픔이
내 아픔일 수 있기에
소상공인의 말일은
차가운 바람이 자주 분다

# 푸념('13. 4. 10.)

요즘 글쓰기 싫다
그냥 해결할 일이 많으니
무얼 생각한다는 것이 힘이 든다
하지만 출판을 반드시 성공하려 한다
그 조건은 내가 만들어가는 것이다
그 누구도 믿지 말고 나 자신을 믿고 나아가려 한다
어렵다는 것은 모두의 현실이고 이 속에서 반드시
벌어야 하는 것은 내 이야기일 뿐이다

# 고덕산의 봄('13. 4. 14. 고덕산에서)

긴 겨울 지나 꽃피는 4월에 찾는
고덕산 입구에 활짝 핀 개나리가
노오란 자태를 뽐낸다

따스한 햇빛만큼 그도 그럴 것이
모습 자체가 열려있다
환한 저 미소에 사뭇 웅크린 내 모습은
봄의 향기 앞에 이내 잊어버린다

이젠 작은 야산에도 깊이 다가온 봄이
한편으론 벌써 서운해진다
온 듯 만 듯 가려함이 봄이 아닌고
내 짓궂은 찬사에 응답 없이
그저 손님 맞기에 바쁜듯하다

봄은 가고 오고 또 올 것이다
가려 하는 봄 아쉬워 말며 흔쾌히 보내자
봄을 느끼는 도심의 야산 고덕산에서

# 잠 안 오는 밤 ('13. 4. 16. 1:00 AM)

검은 어둠이 덮은 세상
간간이 새어 나오는 불빛들 움직임 속에
또 다른 세상 이야기

그리고 멈추지 않고 이어질 또 다른 세상 이야기
내가 멈추는 것은 나만의 멈춤이지
달고 쓴 이야기는 끊임없이 이어진다

잠 대신 초롱초롱한 눈으로 보는 딴 세상은
딴 세상이 아니고 지금에 내 세상이다

자야 할 때 자거늘
안 자고 보는 검은 세상 속에 넋두리든
아니 신나는 가락도 같은 세상 속 이야기이다

잠 안 오는 밤 미래의 즐거움을
상상하는 더없이 좋은 나만의 시간

# 중년의 가을 내음 ('13. 10. 17. 07:33 PM)

소녀의 손길처럼 부드럽고 샘솟는
젊음의 생동감이 봄이면

쥐색 정장에 카키색 바바리코트
여튼 밤색 중절모를 쓰고
노오란 은행잎이 바람에 날려 뒹구는
한 공원 벤치의 중년에선
세월의 삶이 묻어나는 진한 가을 내음을

언젠가 꿈꾸는 미래의 계획들 잠시
접어두고
내 좋아하는 자연의 향 내음과 씨름하고
싶은 낭만의 감성을 드러냄은
아직 죽지 않은 청춘 아닌 중년의 힘

부딪히며 부딪히고 견디는 것은
살아있는 영혼이 날 조종함인 것을
그 속에서 묻어나는 현재의 나가 나인 것

나가 있어 스산하게 파고드는 가을바람 님

앞에서 정취를 즐기는 상상을 하듯
더 더 낮게 더 더 높게 깊고 진한 맛을
음미하며 머무르고픈 밤
점점 깊어가는 중년의 가을
나의 가을이고 내 내음

# 박스손의 비밀('14. 4. 12. 늦은 오후)

빠시락 빠시락 연실
박스 정리하는 손

술시에 시장은 요것조것
필요로 하는 인파로 북적이고
한 귀퉁이 박스 정리하는 손 잠시 쉬고

해시 접어들어 인적은 드물어져
박스 정리하는 손 바빠지고

자시 접어들어 인적 끊어진
그 자리 박스손도 한시름 놓은 듯

컴컴한 어둠이 주인 된 자리
활처럼 굽은 허리 백발 머리
많이 쭈글한 손에
그 할멈
담배 한 개비 무시고
뿌연 연기 내뿜으신다

분주한 손 바쁜 손

# 공허 ('14. 8. 24.)

일하다 멈추면
기계가 돌다 멈추면
산을 가야 하는데 바다로 가자 하면
늘 소통하다 소통이 끊기면
달리다 달릴 수 없을 때
공허감…

하던 일을 멈추어야만 할 때
그 밖 세상사 부대끼는
살아 숨 쉬는 이곳에서
또 다른 공허가 많겠지

휴식이 끝나가고 끝을 힘차게 맞이해야 하는데
지금의 이 공허는 모인고
꽉 찬 날이 있어 공허한 날이 있는
누구나 알 듯한 진리
꽉 찬 날도 공허한 날도
그 자리를 잘 지키는 건 바로 나

# 스트레스 ('14. 8. 29.)

머리는 빙글빙글 띵띵
하나의 매듭을 풀면
또 하나의 매듭이 얽히고

시간은 쉼 없이 흐르고
늘 제자리 맴도는 듯

벗어나고 싶을 때
맘대로 못 벗어남은
내가 만든 울타리 속
할 일이 남아있어

짜증 스트레스
혼란 스트레스
즐건 스트레스로 만들 비법 찾아~

제2장

울타리 속 응원

# 겨울 ('21. 1. 18. 12:00 PM)

겨울 하면 생각난다
얼음, 눈, 앙상한 가지
차가운 바람이 불면 느껴진다
겨울이 왔음을
휘감은 목도리, 두툼한 잠바
장갑, 손난로
겨울의 전령사이자 보호막
움츠린 어깨, 호호 부는 입김 속에도
구세군 종소리와 냄비에 던져지는
땡그랑 동전 소리 속에서도
겨울은 지긋이 고개를 들고 있다
산꼭대기 나뭇가지 상고대는
깊은 겨울 알리는 종소리
겨울에 얼음꽃
꽁꽁 얼어붙은 강가의 얼음
진한 겨울
눈 덮인 하얀 산
겨울의 만개함을

## 떠난다 ('21. 6. 20. 일)

무엇인가 부족할 때 떠난다
일하다 자유롭고 싶을 때
모든 거 훌훌 던지고 나만의
사랑을 속삭이고 싶을 때 떠난다
아무 이유 없이 떠나고 싶을 때 떠난다
지금의 이 공간에서 벗어나고 싶을 때
내 좋아하는 저편에서 손짓하지 않아도 떠난다
떠난다는 것은 슬픔이기도
행복이기도 불행이기도 하겠지만
떠나는 순간만큼은 행복일 것이다
자유일 게다
떠난 이후 그 속에 공존하는 또 다른 벽 속에서
또 한 번의 시련을
맞이할 수도 있겠지만
떠난다는 것은 용기이고
자유이고 행복이다
언제나 떠나고 싶을 때 떠나자
또 다른 나와의 속삭임 속에서
또 다른 자아를 찾아
훨훨 날기 위해 떠나자
떠난다

# 버릇 ('21. 9. 8.)

한겨울 휘몰아치는 세찬 바람보다도
한여름 내리찍는 태양의 이글거림
보다도 매섭다
어떤 것은
싱그러운 봄 햇살의 눈부심만큼 빛나고
낙엽 뒹구는 공원 벤처 감싼 어깨
넌지시 얹은 손 슬며시 기대어
눈 이야기하는 연인의 속삭임 만큼이나 사랑스럽다

하나 숱하게 나의 발목을 잡기도 하고
하나 선한 발걸음을 만들기도 한다

누구나 나는 아니다 하지만
나의 가리워진 모습을 놓칠 때가 있다

더더욱 자신감이 충만할 때
거침이 없을수록 잃어버리기 십상인 이것
바로 보고 경계하고 모난 부분 다듬을 때
비로소 나의 등불에 등불을 더해
빛나는 버릇

# 휴대폰('21. 11. 5. 가게에서)


분주한 지하철 기다리는
의자에 앉은 이들도 만지작
서 있는 분들도 만지작
띵동 역으로 들어오는 열차 멈추고
스르륵 문 열리니 분주히 내리고 타고

빼곡한 자리 가지각색 모습이지만
앉은 이나 서는 이나 시선 멈춤은 한 곳에
보는 모습 내용 달라도 목적은 하나
휴대폰 속에 빠지다

내 몸과는 다르지만 어느새 나와 합일된 휴대폰
20세기 신문 펼치고 책보는 모습은 아스라이
21세기 내 몸은 아니지만 내 몸이 되어
순간순간 나를 지배하는 휴대폰

애인 아닌 애인
그새 뒤돌아설 수 없는
품속에 파고든 애인

# 느낌 ('21. 11. 8.)

비 오는 월요일

뒹구는 낙엽

완연한 초겨울

단풍잎이 떨어지기도 전에

겨울이 먼저 자리하고

늦가을 정취 없는 날

휘리릭 지나갈 듯

지쳐가는 행인의

움츠린 어깨에

짊어진 삶의 무게감

# 누구나 ('21. 11. 10.)


누구나 벼랑 끝에 아스라이 설 수 있고
벼랑 끝에서 벼랑으로 나락 되지 못하게
설득할 수 있다

누구나 힘들다
이겨야만 한다
같은 전쟁을 우리 모두는
하고 있다
무조건 승리해야 한다
포기란 없다
그렇게 살자
대부분 그렇게 사니
나도 받아들이자
다른 핑계 대며
포기하고 삶을 겉돌려 하지 말고
누구나 있는 그 속에서
그냥 머무르자
흘러가는 물처럼

# 싶다 <sup></sup>('21. 11. 13.)

낙엽 보면 낙엽이고 싶고
단풍잎 보면 단풍잎이고 싶고
시를 읽으면 시인이 되고 싶고
거친 바위보단 부드러운 바위 되고 싶고
질퍽한 흙길보단 포근한 흙길이 되고 싶고
거센 바람에도 부러지지 않는 나뭇가지이고 싶다

# 김장 ('21. 11. 14. 07:10 AM 운동가는 아침 버스 안에서)

배추 뽑고 무우 뽑고
대파 뽑고 쪽파 뽑아 다듬고
마늘 사고 새우젓 사고 고춧가루 사고
맛 내는 이것저것 사고

소금 절여 헹구고
펼치며 양념 버무린다

양념 말아 배추 한 잎 입에
턱 넣으며 겨울맞이하는 맘
훈훈해지고
잘 버무려진 배춧속 넣으며 한시름 턴다

겨울 준비 끝내는
아내의 행복한 미소
어머니의 미소

# 아픔은…(´21. 11. 15.)

아픔은 숨기는 것이 아니고
토해내는 것
누구나 토해내는 것을 겁내 하지만
토해내는 순간 아픔은 반감된다
숨구녕이 생긴다

슬플 때 울고 나면 시원하듯
아픔은 간직하고 보관하는 것이 아니고
한껏 토해내고 버리는 것이다
그리고 그 자리 또 다른 아픔이 자리하겠지만
늘 그랬듯 토하는 것이다

아픔은 기억하고 간직하는 것이 아니라
한껏 토해버리는 것
누구나 아픔이 있고
누구나 그 속에서 다시 선다

# 죽음과 삶(`21. 12. 3.)

누구나 건강하길 바라지만
시간이 흐를수록
몸은 자연스레 쇠잔해진다

다가오는 죽음이 두려웁기도 하지만
언제나 쿨하게 오면 맞이할 준비를 하자

이미 정해진 무대
끝남이 있는 무대
나만이 나를 더 나아가 남을
위하는 시간을 즐기다 보면
누구나 맞이하겠지만
언제나 거부하지 말고 쿨하게

단, 스스로가 결정해 버리는
실수만큼은 하지 말자

무대 위에 있는 동안은
보이지 않는 관객 보이는 관객이
나를 기억하게 하는 몸짓을

끊임없이 하면서
새로이 새로운 날을 맞이하자
누가 봐도 멋진 몸짓이었음을 기억하게
그리 살자

# 제주 여행('21. 12. 12.)

모두가 모여서 좋았다
뱅기를 함께 타고
함께 식사하고
따스한 커피 한 잔 하며
흰 포말이 파도에 연이어 밀려오는
바닷가 앞에서
개성 있는 각자의 포즈를 취하고
깊고 넓은 마음을 배웠다

그리고 천지연 폭포에서
성산 일출봉에서
힘껏 서울의 지친 가슴을
토해내는 노래방에서
우리 모두는 즐거웠다

주상절리 기암괴석 맞닿은
바닷물과의 키스
카메라 힐에서 꽃잎의 향연
그 속에 우리 가족의 해맑은 웃음을 담고

말쇼장에서의 고구려 기상과
애월 해녀 횟집에서의 싱싱한 바다 내음 저녁
우리는 함께했다
어둠이 가시지 않은 여명의 아침
한라산 등정은
끈기와 성취감에 산물이었고
백록담을 보고 온 큰애의 도전에 감탄하고
삼각봉까지 오른 작은애와 아내의
끈기에 감탄하고
동반해준 제주 친구에
감사하는 시간이었다

해안가를 끼고 돌아 펼쳐진
바다와 맞닿은 잿빛 구름과
해걸음은 견줄 수 없는 한 폭의 동양화이었고
관광명소 동문시장에서
여행의 만찬을 준비하고
바닷가 뷰가 있는 달빛 펜션에서
제주에 마지막 저녁은 무르익었다

뱅기를 함께 타고 다시 서울로
한시도 떨어지지 않았던 90시간의 여정
따스함 넘치는
슬기로운 추억으로 남는다

# 바다 앞에서 ('21. 12. 13. 제주 세화 해변에서)


부는 바람에 하얀 포말이 일어나며 밀려온다
연실 밀려오다 사라지고 다시 오고
부는 바람 강도 따라 철썩 처얼썩

푸른 하늘 끝 푸른 바다 끝
맞닿은 선엔 또 다른 경계선 펼쳐지고
그 선 전후엔 서로 다른 세상인 것처럼 그렇게

바다와 하늘이 만들어낸 미지의 경계선 앞에서
파도를 보고 흰 포말을 보고 바다를 보고
저 멀리 우뚝 솟은 등대를 본다

넓은 바다가 주는 이야기 간직하고
껴안고 싶어 두 팔 벌려보는 시간
그 무엇을 담고 어떤 것은 버리고
바다 앞에서

# 출근길 ('21. 12. 29. 아침 버스 안)

언제나 아침이면 바시락바시락
이불 속에서 뒤척뒤척
그러다 눈은 떠야 한다

하루를 보낼 수 있는 내 일터 있기에
행복 충전소란 마음으로
옷매무새 단정히 하고 나서는 길
즐거운 발걸음
정류장 길게 늘어선 길

서로 다른 공간에서 각자의 재주를
오늘도 한껏 뽐내러 가려
버스 앞에 줄지어 서 있다

이 아침 이 시간 모두의 모습은
일할 곳이 있는 분들의 대기소

보이지 않는 치열함
슬픔 기쁨 모두 공존하겠지만
그래도 내 재주 뽐낼 수 있는 곳 가는
하하하 출근길

# 칼추위 트레일런 (21. 12. 26. 북한산 오봉 전 바윗길에서)

매서운 한랭전선에
일시에 얼어붙은 도시
산이 좋아 산바람 칼추위 벗 삼아
한 발 두 발 내딛는 뜀
쪼그라진 근육 퍼지고
얼었던 발가락 녹아진다

멈추면 한기가 애인처럼 다가오지만
그래도 햇빛 반짝이는 능선 바윗길
털썩 자리 잡고 앉아 쉬어본다

영하 18도의 칼추위도
예선 멈추고
남으로 펼쳐진 한 폭의 동양화는
이름있는 어느 화백의
붓 놀림보다도 예쁘다
북쪽의 파란 하늘은 삼해의
어느 해보다도 푸르르다

흙과 풀과 나무와 바위가 있고
바람이 있고 눈이 있고 벗이 있으며
대자연 칼추위 속
눈가에 웃음 가득한 시간

## 순환 <sup>('22. 1. 3. 11:25 PM)</sup>

추위는 어디서 오는가
어디로 가는가
밤은 어디서 오는가
어디로 가는가
수없는 질문에 질문을 던지고
답을 얻고
그리고 물음을 찾고
답을 얻고
이제 선 자리
밤하늘에 별빛들이 쏟아진다
두 팔 벌려 껴안는다
아 내 별빛들인가

# 아픈 기억은 ('22. 1. 20. 오후)

아픈 기억은
기억이 나거든 기억하자
아프지 않을 수 있는
거름이 되지 않겠나

기억이 나거든 기억하자
억지로 버리려 애쓰지 말자
그냥 기억하고 물 버리듯 버리자

쉽게 밟고 일어설 수 있으면
기억해도 그 길이 좋은 것이다
아픈 기억은 기억일 뿐이다

## 어머나 양지꽃 ('22. 4. 10. 오후)

봄이면 지나는 산기슭 밑에 삼삼오오
군락 이루기도 나 홀로 피기도
언제나 양지바른 곳은 봄의 내 자리
나무 밑동 옆 햇살 드리우는
자리 또한 내 자리

주변에 마른풀과 나뭇잎 뒹구는 곳
언제나 선명하게 나를 지쳐갈 수 없게
노오란 자태 뽐내며
타원형 다섯 잎새 펼쳐진 순간
모든 이의 발걸음을 멈추게 한다

어머나 양지꽃
꽃말도 사랑스러움, 앙증맞은 그 자태만큼이나 반한다

흔히 눈에 띄고 많이도
햇살 머금고 발길 바로 옆 자리 잡은
가는 이의 발걸음 멈추게 하는
어머나 양지꽃

보는 순간 봄이요

다른 꽃잎보다 눈길 한 번 더 가게 하는

어머나 양지꽃 마력

잠시 멈추어

샛노란 그 홀림에 취해버린

오늘은 봄의 한낮

눈인사 양지꽃 사랑스러움에 폭 빠진 날

어머나 양지꽃

## 새벽(`22. 4. 27. 아침)


잠시 쉬는 시간
마치 멈추어 있다 깨어난 듯
눈 비빈 새벽의 낯설음

적응을 위한 몸짓
그리고 열어젖힌 창으로
파고드는 찬 공기
아직은 캄캄한 어둠
새벽은 아침 이전이고
눈은 뜨고 하루는 시작했기에 다르다

공기가 참 차다
어 새소리도 들리네
새들도 이야기하며 새벽을 맞이했네

# 땀 (`'22. 4. 27.`)


노력의 결과물
똑같은 것은 없다

하는 만큼 보여지고
결과 또한 주어지기에
땀에만 땀에 의미가 있다

# 말발돌이 꽃

산새 소리 가득한 산야
쫄쫄쫄 흐르는 계곡
큰 바위 작은 바위 틈새
타원형 톱니바퀴 작은 잎새
잎새와 잎새 사이 하얀 꽃잎
외톨이처럼 듬성듬성 아니고
수북한 풍만함
한 잎 모양 뜯어보니
앙증맞은 모습에 내 입술이 절로 간다
꽃향기 없으나
보기만 해도 향이 짙어 보여
입술이 절로 가는 꽃
말발돌이 꽃
겨울 잔뜩 움츠리고
봄 잎새로 돋아나고
여름 오기 전
양지바른 계곡
바위와 바위 틈새
애교 가득한 자태 머금고
하얀 꽃잎 바람에 흩날린다

아 보는 순간 포근한 풍만한

행복감 안겨주는 꽃

말발돌이 꽃

흔하게 보이지 않기에 그럴까

한 번 본 꽃잎 모양

사진처럼 인쇄되어

뇌리에 남는다

# 일개미('22. 5. 10.)


일만 한다
부지런히 물어오고 놓고
물어오고
더듬이로의 소통은
먹는 것이 어디 있니
얼마나 있니
나 또 가도 되니
오로지 먹을 것을
자기 체구만 한 구멍 속으로
밀어 넣고
또 그렇게 반복
지쳐 쓰러질 때야
멈추는 일개미
일만 하다
가는 일개미

# 점포정리(ʼ22. 5. 11.)


이것저것 만지며 아쉬움 털어내고
이런저런 생각에 무거운 마음 털어내고
누군가 지쳐 들어와도
감흥은 없는
그저 그렇게 시간을 보내고
마음 접는 날
가게 접는 날

# 장마(‘22. 6. 28. 아침)

주르륵주르륵
우르릉 쾅쾅 번쩍번쩍
하던 일 멈추고 하늘 보니
찌푸린 인상만

빗소리 바람소리
낮인데도 어스름해지는 날
잠깐 숨죽인 듯 조용하더니
이내 주르륵주르륵
이젠 멈춤도 없다
주르륵주르륵 장마

# 한여름 아침('22. 6. 28. 6:00 AM)


창밖을 보니 나뭇잎이 한들한들
문밖을 나서니 시원한 바람이 인사하고
돌담에 앉은 이 쉬는 시간

쉬는 시간다운 쉬는 시간
습한 기온 장마철 여름 날씨 이어지지만
이른 아침 이 시각은 바람의 시원함 속에
여유를 가질 수 있다

잠시 굽어 있는 허리 펴고
몸을 이리저리 맨손체조 하듯
흔들어 보고
한여름 여유 있는 아침을 맛본다

부지런한 사람에겐 아침의
한가로움도 있다
바삐 가기만 하는 걸음 멈추고
종종 여유를 갖자
한여름 아침

# 술병의 입맞춤 ('22. 6. 28. 6:30 AM)

맑은 듯 담겨 있는 병 속에 에너지

만인들의 피로회복제

타락의 온상

음과 양이 공존

잘 쓰면 약이요 못 쓰이면 독이듯

만인들의 애락이 흐르고

따라지고 채워지는

잔과의 입맞춤이 되면

피어난다

때론 장미 같은 진한 사랑을 안고

또 다르겐 애잔한 물망초처럼

어찌하는 선택은 오로지

그 앞에 선 이들의 몫

채워진 잔 비워지는 술병 속 맑은 기운

그와 나의 입맞춤이 허락된 만큼

삶의 무게는 쌓여간다

# 돌(`22. 7. 20. 오전)


무심 이것이 어쩌면 돌의 마음
어떤 이유로도 반응 안 하는 인내의 끝판
하지만 도의 세계라면
존경이겠지만
세속에는 어울리지 않는 모습
그러나 뚝 떨어져 무심 속에
빠져있고 싶을 때
그리는 그리는 대상
아무것도 아무것도 아닌 것처럼
그 속에서 돌의 마음을
숨결을 훔친다

제3장

피어나는 감성의 자국들

# 소나기(`22. 7. 20. 오후)

하늘의 변심
먹구름 드리우고
굵은 빗줄기 주르륵
거침없이 바닥에 파바박
소리 내며 모습 드리운다
한여름 한더위 속 소나기
천사와 만남
천사 찾아 떠나고 싶은 날
소나기 나리는 날

# 고향(`22. 8. 7.)

푸근함 그리울 때마다
생각이 난다
어머니의 품속처럼
마음의 위안을 주고받는 곳

가까이 있음 자주 갈 거 같아도
멀리 있음 못 갈 거 같아도
출렁이는 돛단배 풍파에 시달리울 땐
일상 떠나 옛 향기에 휴식 취하고픈
우리에의 그곳

어린 시절 동무 만나
간만에 히히닥거림도 터치받지
않는 자유로운 시간
애잔한 향 내음 가득
가슴 뭉클함 씻어내지 않고
있어도 낯설지 않고 푸근한 이곳

# 팔려가는 돼지('22. 8. 24.)

울 안에 먹이 먹을 땐
누구보다도 행복한 표정 꿀꿀꿀

한낮 늘어지게 코 골아도 아무도 간섭하지
않는 자유 꿀꿀꿀

손님이 찾아와 부르릉 큰 차 엔진
소리 들리면 정신 번쩍
꼬랑지 보이며 숨기 바빠 꿀꿀꿀

차 울타리 밖 돼지 얼굴
드리운 어두운 그림자
눈가엔 누가 봐도 사슴 같은 슬픈 눈
보일 듯 말 듯 맺히는 이슬

쌩하고 달리는 차에 몸담은
님들은 이 차 멈추면
내 생 끝나는 날인 줄 아는 것인가

아 내가 보고 슬픈 눈 맞추고 나니
그저 슬프다
그렇게 슬프기만 하다 꿀꿀꿀

# 어느 날 나는 ('22. 8. 30. 비 오는 날 출근 중 문득)

신새벽에 나리는 빗소리를
듣고 깨보기 그저 비이고 싶다

출근하는 전철 속 물끄러미
나를 쳐다보는
아무 손이나 가리지 않고 잡아주는
손잡이이고 싶다

에스컬레이터를 보니 수십 명의 무게에
아랑곳없이 일하는
에스컬레이터이고 싶다

바람이 불면 바람이 되고 싶고
하늘에 구름을 쳐다보노라면
구름이 되고 싶다

비 오는 거리에서 우산을 보니
말 없는 우산이 되고 싶다
어느 날 나는 자유로운 자유로운
나이었다 나이고 싶다

# 꿀잠 (´22. 11. 16.)

행복하다
지쳐 지쳐 헉헉 되더니
스르륵 감겨버린 눈

깨어보니 아침
그저 달콤한 기분만이
아 맛있는 꿀잠

# 새근새근

새근새근
티 없이 맑은 하얀 얼굴
하얀 손
하얀 발가락
하얀 잠옷 입고 새근새근
주변의 어떤 몸짓에 소리에도
깨지 않고 새근새근

좋은 꿈 꾸나
슬며시 입꼬리 올리며
미간엔 웃음 지으며
새근새근

# 계절

소리 없이 다가오지만
우리는 알 수 있다
소리 없이 가지만
우리는 알 수 있다
가고 오고 또 반복이
한 번 두 번 세 번 네 번이
되면 어느새 한 살이 늘어나고
한 해가 지나가고
학년이 바뀌고
성인이 되기도 한다
아 아쉬움 있어도 어쩔 수 없고
만지작 지난 일 되새김해도
그때의 일일 뿐 되돌릴 수 없다
아 그래서
오고 가고 떠나서
한결같이 서 있어야만 한다
그래야
나의 무엇이 된다

# 황혼

해 저무는 수평선
붉은 물결 뭉게구름과 어우러져
한 뼘의 유채화 붓 터치

내가 그린 그림 아니지만
자연이 만들어낸 이 광경
천재 작가의 붓놀림보다도
아름답다

해 저무는 저녁노을이
이리 아름다운가
바닷물에 빨려 들어가는
햇님이
햇님을 삼키는 바닷물이
엉키고 어두워지는 여기
더 없을 듯한 아름다움

# 어미의 소리

언제나 들어도 정겹다
이 세상 제일 좋은 소리
내 안에 제일 좋은 소리
차지한 그 소리

이 소리 듣는 날
나의 눈가에 웃음도
아니 눈물도 간간이 고이는 소리
오십 후반인 나에게
호통이든
칭찬이든
그 소리 언제나 나에겐 정겨움

내년이면 구순 되시는
어미의 그 소리 듣는 날
나 최고의 행복한 날
무엇과도 바꿀 수 없는 날

# 시

시를 쓰자니 자꾸 트릭을

시를 쓰자니 감정의 샘을 파고들어

시를 쓰자니 생각을 더하고

시를 쓰자니 나도 모르게

시를 쓰자니 잘 쓰자니

시를 쓰자니 훌훌 벗어 던지고

시를 쓰자니 포장 없이

시를 쓰자니 생각나는

시를 쓰자니 그대로 쓰고 싶다

# 졸음

아 평온
아 내 세상
아 부러울 거 없다
아 모든 거 다 가진 듯
아 이 시간 꿀물
아 그저 좋다
아 이것도 선물

# 마늘 심기 (′22. 11. 20.)

황토흙 매만지고
장갑 낀 손가락으로 꾸욱
구멍을 판다

그리고 마늘 모종 한 알
쏘옥 집어넣으니
어쩜 그리 사이즈가 잘 맞던지

비가 온 뒤라 땅이 질퍽여
옮기는 걸음 자연스럽지 않지만
쏘옥쏘옥 들어가
자리 잡는 마늘 님 덕에
흥겨운 예비 농부의 시간

이놈이 겨울 이기고
자라면 따스한 봄날
우리들 밥상에 빠지지 않는 양념

흙에 쏘옥 자리 잡고
한겨울 잘 이겨내거라
내년에 꼭 너를 보마

# 쉬는 시간

그립다
기다려진다
방금 지났는데
벌써 또 기다려진다
다
그저 좋다
모두도 그럴 것이다

# 산

흙 냄새가 그리운가
바람 소리가 그리운가
뭉게구름 낀 하늘이 보고 싶은가
돌과 맞닿은 신발창의 투박한 소리
나무뿌리 걸려 턱하고 균형 잡는 몸짓
흔들리는 몸
내 옆 누군가 기대어 의지하고
의지해 주고
그런 배려가 쌓여있는 곳
그리움 낯설지 않아 정겨움
여기가 산 자연
편한 휴식의 내 공간

# 쉼터

그냥 편한 곳
무념무상
꼭 필요한 공간
언제나 여기선 감사
누구든 여기선 감사
그래서 머무르는 곳
더하기 빼기 없는 이곳

# 가족 ('22. 11. 30. 8:00 PM 갑자기 영하로 내려간 날)

내민 손 맞잡은 손
따뜻한 사랑 내 숨결 타고
그대 핏줄을 지나 심장에
쿵쾅쿵쾅 만남의 기쁨 가락 흐르고

차가운 바람 눈보라 한파와도
식지 않는 따스한 온기
하나 아닌 둘의 힘
손에 손잡고 손에 손잡고
이어지기에
우리 울타리 따스한 쉼터

나가 나를 지키고
또 우리를 지키게
손에 손잡고 빙그르 한 바퀴
한 손 두 손 네 손 있어
든든한 울타리
불어난 여덟 손
함박웃음 지으며 빙그르 한 바퀴

# 조심조심

눈을 감으니 평온
긴 들숨과 날숨에 안정
한 발짝 떼기 전
한 번 더 되새김

아 더디지만
그래도 다 갔네
답답한 듯했지만
뒤돌아보니 편하네

# 눈보라 ('22. 12. 13.)

하얀 눈송이 하늘에서 쏟아져
살을 에는 바람
두꺼운 점퍼 바느질 틈새
파고들어
추위를 내 살에 전달하고
나가고 순환을
진한 겨울 손님
본인 잡으러 파고들어
찬 에너지 전달 전달
모두가 움츠러들어 꽁꽁
하얀 눈과 바람이 만나
세차게 때리는 눈보라

# 눈보라 2

외로운 님
고독한 님
차가운 님
벗들이라곤
모두가 한기 가득
좋아하는 이 없는데
왜 찾아오는지
표현만 예쁠 뿐
하얀 눈, 얼음, 빙판, 바람
눈보라

# 시장통 할배(’22. 12. 15.)

분주한 시장통

사는 사람 파는 사람 바쁜데

안 바쁜 한 사람

물끄러미 담배도 한 개비 피는 여유

한기가 몰려오는 동짓날

눈발도 사납게 내리건만

허술한 처마 밑

흩날리며 새 드는 눈꽃 맞으며

그냥 기다린다

어느새 어둠 나리고

분주한 걸음들 줄어들 쯤 바삐

움직이는 손과 발

두툼한 잠바 솜방망이 바지

덥수룩한 희끗한 수염은

멋으로 드리워진 것이 아닌

거친 삶의 흔적

보기엔 가련해 보여도

주섬주섬 뭐든 싸고 펴고 줍고

옮기고 허리 펴며 한숨짓지만

남다른 삶의 애착

아직은 더 벌고 따뜻한
밥 한 끼는 내 힘으로 먹고 싶소

# 구순 엄마의 부침<sub>('23. 1. 7. 4:00 PM 어머니 집에서)</sub>

딸그락딸그락 탁탁탁 도마질 소리
깊어간다
막내아들 보니 기분 좋으신 듯
계란 쪄 놓으시고 있던 고기 넣어 뚝딱 찌개 한 그릇

막걸리 한 사발 아들은 마시고
어머니는 한 모금
그래도 부침 먹고 싶다 하니
굽은 허리 구부려 칼질 물질 버무림질
힘겨우실 듯한데 신이 나셔 있다

59세 막내아들 불쑥 와 먹고 싶다니
버선발 내치고 해주시는 어머니 마음
이 시간 이 행복 돈으로 살 수 없는 행복
참 나는 행복한 아들

가스 불 켜시고 프라이팬에 부침을 드디어
정말 구순 되신 어미의 부침 맛 찌개 맛은
세상 어느 천재 요리사의 맛 하고도 바꿀 수 없다
어머니 손길 닿은 이 맛이 진정한 맛

호흡 소리 거칠어지시지만
자식이 먹고 싶다 하니 들이는
저 정성 이것이 부모의 마음 사랑

부침이 끝나간다
나는 잠시 바라보며 글을 쓰고
우리에 오늘 삶의 낯선 한 페이지
구순 어머니 부침 속에 갇혀
무엇이든 녹아내리는 엔돌핀

# 탁송

딸그락딸그락
두두두두 소리는 더욱 커지고
세지고
잠깐 멈춘 곳 신호등
어느새 두두두두
밀카 차 시간 맞추려 안간힘
박스 님 밀카 위에 신선
혼자 콧노래
안정감 가득한 밀카 위
탁송 전 신선놀음
사람은 끌고 박스 님은 놀고
밀카는 연실 바퀴 구르고
멈추면 버스 실리는 시간
또 다른 여행

# 빙판길('23. 1. 27.)

나도 모르게 트위스트 춤

나도 모르게 곱사등

나도 모르게 엉거주춤

나도 모르게 살금살금

주위를 둘러보니 모두가 나와 같이

저 멀리 춤추는가 싶더니 땅과 입맞춤

바로 옆 어떤 분 아야야 소리 내며 꽈당

부여잡은 내 옷깃 찢어지며

나도 모르게 꽈당!

## 탁송 2('23. 2. 3.)

딸그락딸그락 바퀴 구르는 소리
추운 바람 쌩쌩에
두터운 장갑도 녹아내리고
손가락 끝에 찬기가 솔솔
그래도 언제나 흥겨운 이 분
밀카 위에 떡하니 자리 잡고
바퀴가 아무리 춤을 춰도
끝나지 않는 콧노래
끄는 분 힘겨워도
이분에겐 남모를 즐거움
잠시 멈추고
버스에 실려도 흥이 깨지지 않는 건
끝나지 않는 또 다른 소풍

# 나의 보름달('23. 2. 5.)

가족의 건강을
그중에서 으뜸은 구순 어머니의 건강을 빈다
원만한 직장생활을
형의 재건을 빈다

# 보름달

둥근 달
밝은 달
소원 달
희망 달
평온 달
행복 달
만인의 소원 다 담으려고
저리 밝고 큰 것
만인의 달
보름달

# 탁송 3

피아노 건반의 심오한 선율은
심금을 울리지만
딸그락딸그락 두두두두
탁송 밀카는 삶의 역동이다

나이스샷 하고 나오는 박수는
여유로운 삶의 일부지만
딸그락딸그락 두두두두
밀카 바퀴 구르는 소리는
힘겨운 삶의 속삭임이다

딸그락딸그락 두두두두
삶의 예찬
딸그락딸그락 두두두두
귀에 익은 소리
정겨운 탁송 흥얼거림

제4장

부딪히는 일상에서

# 차표 한 장 손에 쥐고 ('23. 2. 26.)

오늘은 슬프다
오늘은 기쁘지 아니하다
오늘은 쉰다
아 이렇게
멈추어 버린 사고
단순한 노동에 지쳐
멈추어 버린 사고
그저 생각이 안 난다
멈추어 있다
멈추고 싶지 않지만 멈추어 있다
이렇게 살아도
살아지더라
생각 안 하니
생각할 시간 없으니
오히려 편터라

# 지우개('23. 3. 5. 10:00 PM)


하얀 가루 때론 검은 가루
인생의 노트에
발자국 적어가다 문뜩
생각이 바뀌면 박빡
그리고 또다시 박빡
운 좋게 쭈욱 써내려가는 날
나에겐 휴식

휴식을 싫어하는 나는
늘 춤추며 생각이 바뀐 고객님의
자국 지우고 진한 글씨를
세게 박빡 검은 가루
그다음 하얀 가루
나의 일부가 달아 떨어져
흩어지고 뭉치지만 행복
내가 누구든 기쁘게
잘못된 표기 쓸어내린 흔적은
나의 발자취

# 동심 ('23. 3. 5.)

하늘을 보노라니 구름 타고 둥실
내가 구름 타고 재주 부리는 손오공

땅에선 로보트 태권브이 되어
악을 물리치고

바닷속에선 인어공주 되어
거북이 안내 따라
문어가 지키는 용궁에
용왕님도 만나고

저 높은 하늘 밖
우주에선 은하철도 999
타며 끝없는 우주여행

연못 개구쟁이 쉼터에
덩그러니 던진 돌
풍덩 소리와
서서히 퍼지는
파장은 나의 동심

## 나뭇가지 ('23. 3. 7. 11:00 PM)


바람이 부는 날 유난히 흔들흔들

떠는 애처로움

하얀 눈이 오는 날은 슬며시 쌓이는 무게감에

힘겨워 흘리는 땀방울

한낮 더위로 햇님 쨍쨍한 날 가벼워

보이지만 말라서 타는 메마름

하늘이 높고 푸름이 가득한

가을날에야 모든 이의 시선이

내게 멈추듯

나도 뽐내보는 자유의 나날

멈추어 있고 싶은 순간

언제나 기억하고 싶은 나날

# 이상(`23. 3. 7. 11:30 PM)

밤하늘 저 높은 곳
별님 뒤에 내가 그리는
세계가 있다

그 별님 뒤에 숨은
나를 그리는 이 있을까

없으면 별님에 별님 너머에
내가 그리는 세계도 있고
나를 그리는 이도 있고

행여 없음 그 옆 달림 마을엔
눈 감고 찾아도 손뼉 마주칠 이
금시 찾을 듯
아 옆에 두고 몰랐네

## 바위(`23. 3. 7. 11:50 PM)

크면 뭐 하나
거칠기만 하고
지쳐가는 이 가림 없이
자리 주는 배려의 끝판왕

엄청 잘난 채
갖가지 모양 뽐내기도 일등
그래 봐야 뭐 하나
무디기도 무디고
말귀도 못 알아듣는
멍충이
온갖 너그러움 다 품고
말없이 버티기만

# 그 할멈('23. 3. 30. 6:30 AM)


어스름한 새벽 뒤적뒤적
뭐 하나 싶더니 박스 고르는 소리
이게 일원 십 원 백 원
의 무게를 넘어 천원이 된다

구부정한 굽은 허리는 버텨온 삶의 흔적
같이 태어나
누구는 이 시간에 박스와 씨름하고
어떤 분은 아름목에서 단잠

궁핍한 삶을 살든
따스한 삶은 각자가 만든 예술

여기서 조금 버티면 새날이 올까
그 할멈의 새날은
따스한 아름목 아닌
수북히 쌓인 박스 뭉치 만나는 날

# 별 익는 밤(´23. 3. 31. 아침)

어둠이 올수록 뽐나는 자태

두려움 가득 먹은 어둠 짙을수록

내 모습은 더욱 두드러진다

어둠이 익어갈수록

두려워지지 않고

어느 산골 소년의 희망의 불씨처럼

어느 도심 소녀의 별세고픈 순수함처럼

내가 익어가면 익어갈수록

하늘을 향한 내 손짓도 익어간다

진한 어둠 속 하늘의 무한한 선물

별 익어가는 산마루턱

멈추어진 내 시선 내 꿈 품은

별 익는 밤

# 나의 시계 ('23. 4. 10. 아침)

똑딱똑딱 나의 시계
멈추지 않는 세상 시계처럼
내 일상의 즐거움은 뒤로하고
다가오는 미래의 시간과도
부딪치며 하염없이 간다

좀 쉰다 싶어 안 가고 싶을 때 있지만
안 가고 싶다 하여 안 가지는 것이 아닌지라
똑딱똑딱 간다

산바람 타고 솔솔 콧가에 입맞춤
하는 진한 진달래 향기 묻혀
내 서 있는 거친 산자락 능선
오르막에서도 멈추어 있고 싶지만
멈추어지지 않는다
몸이 멈추어 있다 하여 멈추어지는
것이 아니기에
그 시간에도 똑딱똑딱
예정된 시간표 없이 꾸밀 시간
기다려줌 없이
똑딱똑딱

## 양지꽃 사랑('23. 4. 10. 11:00 PM)

엊그제 영봉 오름길에서
나무뿌리 틈새 비집고 자리한 노오란 꽃
양지꽃을 보았다

어찌나 이쁘던지 한참 물끄러미 찰칵찰칵
한 발 두어 발 뛰나
발 앞꿈치 앞 밟을랑 말랑 노오란 꽃
여기저기 자유를 즐긴다

햇살에 노오란 잎 반질거림
오히려 방해꾼
고개 숙여 허리 숙여 꽃잎과 닿은 입술
포근한 봄 넘어 스미는 사랑
발걸음 꽁꽁 묶은 자물통 된다
예서 있으람
달님 별님 이야기 지나
아침이슬 여릴 때 여릴 때
살포시 훔쳐주고 싶은 꽃잎
양지꽃

# 안고 싶은 봄 (′23. 4. 22. 아침 산에서)

바람이 분다
저 산마루서 이 산마루로
한껏 물오른 진달래 꽃잎 하나둘
떨어져 흩날리니
봄은 이제 가는가

온 듯 만 듯 세파에 시달려
그 향기 코끝에 닿기도 전에 가려 하니
아쉬움 가득

모든 이들의 아쉬움은 아니지만
나에겐 아쉬움
내 삶이 척박한 것인가

누구든 바삐 맞이하고 보내는데
유별나게 민감할 수도
아니 새 생명 새싹 탄생을
지긋이 옆에서 보고 싶은데
못 보니 화들짝
아 바람이 불고 멈추고
봄은 다시 오리니 그때~

# 마지막 봄 ('23. 4. 23. 8:00 PM)

꽃은 피고 지고
미소만 짓고 훅 떨어진다

필 때를 놓칠세라
볕이 들면 그새 볕을 향해
고개 돌리는

질 때를 놓칠세라
어여쁜 자태 내보이고
윙크하는 꽃잎의 하늘거림

또 다른 곳 아닌
내 머무르는 곳
우리가 있는 곳
아 여기
꽃은 피고 지고
미소만 짓고 훅 떨어진다

# 버들잎 배

개울가 옆 바위틈새 비지고
자리한 버드나무
버들잎
봄바람에 새순 돋고 볕에 눈 깜짝한 사이
연녹색의 그늘 만든다
또 바람결에 떨어진 버들잎
흐르는 맑은 개울 옆에 몸을 맞대고
그 물결 따라 두둥실

어느 유명 목수의 돛단배보다도
더 멋진 자유로운 항해
물결에 몸을 맞댄 자태는
한 폭의 산수화

자연의 변화에 발맞추어 가는
자유로운 영혼 버들잎 배 되어
이 물결 어드메 멈추든 가든
맞장구친다

## 가랑잎('23. 4. 29. 흐림+비)


가냘픈 잎새
옷깃을 스치듯 스미는 잎새의 고개춤

두둥실 날리는 가냘픈 몸짓은
학춤만큼이나
아름다운 율동
자연의 바람과 내가 만난
작품

나는 가랑잎
한낮 모지리 아닌
고귀한 선율 갖춘
자연과 어우러진 춤꾼

# 그냥 그렇게 ('23. 4. 29.)

어디에서 나를 부르든
나를 필요로 해도
오늘은 아무도 아는 척 안 하기

그렇게 그냥 있고 싶을 때
그렇게 그냥 해보기

궁금해 미쳐 해도
그냥 그렇게
그냥 그렇게 쉽지 않지만
그래도 그냥 그렇게 버티기

아 쇠고집
그냥 그렇게

# 북한강 ('23. 5. 5. 11:00 AM)

카페 창밖 보며
봄의 기운으로 푸른 초록 수놓은 앞산
뾰족 정상
회색 구름과 맞닿은 위부터
서서히 자리하는 운무
점점 점점 더 내려앉아
푸른 산야는 어느새 모습을 등진다
잔잔하게 흐르는 북한강 줄기도
물안개와 부딪쳐 만든 짙은 운무에
그 모습 숨긴다
잠시 멈추어 창밖 바라보며
시차를 두고 변화하는 자연의 예술 앞에
우리에 잘난 매력 견줄 틈이 없다
오늘은 그 무엇보다도
마음 가득 차는 행복 맛보는 날
도시 떠나 강줄기 따라가다
멈추어선 카페에서

# 강가 앞에서('23. 5. 5. 12:00 PM)

강줄기와 입맞춤하는 나의 입술
화들짝 놀란
나무 위 새 가족 날갯짓에 금시 떼고
흐린 듯 뽀얀 듯 하늘서 흘리는
보슬비와 만난 운무의 엉킴은
누구도 표현할 수 없는
자연의 힘
황홀함 밀려오는
지금이 최고의 무대
나도 관객 자연도 관객
가고 있지만 멈추어 있는 듯 짜릿한
이 시간의 전율은 오늘이 주는 선물

# 여운 ('23. 5. 5. 12:00 PM)


안개 끼기 전 푸른 초록 색칠되었고
안개 덮인 후 옅은 회색
하늘이 주는 보슬비 님도
오늘은 선물

말없이 잔잔한 강물의 파장도
물안개가 점점 삼키고
뿌옇게 가려지지만
오히려 명화가 탄생
아 이 운무 거치면
또 다른 명화가 머무르겠지

# 엄마 사랑 ('23. 5. 9. 7:00 AM)

솜사탕보다도 폭신한 손길로
푸근한 가슴으로
달콤한 사랑으로
안아 키우고 이만큼 자랐다

지금도 아프면 내 손이 약손 하며
손가락 찍어 발라 이마에 갖다 대는
열 있음 내리게 할세라

세월이 남긴 이마의 주름
굽은 허리만큼이나 여문 구십의 숫자
내 오래 살아 안 볼 거 보고 산다
얼른 데려갔으면
아니 이젠 언제 어느새 소리 없이
갈지 모른다

어릴 적 속삭여 주던 귓속말이
내가 갖다 대는 귓속말이 되고
무엇을 이야기하고 물어도
따스하게 건네게 되는

사랑 가득 걱정 가득한
늘 감싸는 그 마음
어떤 경험치와도 견줄 수 없는
지금도 자연스레 숨 쉬는 사랑

# 북한산 플로킹('23. 5. 21.)

발걸음 걸음마다 시선은 땅바닥
돌길 바위틈새 유심히 보다
초코파이 봉지 보이면 허리 숙여
손과의 입맞춤

오르막을 오르면서
내리막을 내려가면서도 시선이 멈춘 곳
풀숲 사이 바위틈새
이내 작은 비닐 하얀 봉지 보이면 허리 숙여
손과의 입맞춤

둘레길 어느덧 돌아 대동문
동장대 용암문 지나 위문 넘어
백운대 정상 전
투명 페트병 대어 발견
발로 밟아 구부러트려 봉지에 쏘옥
넣을 때 기쁨은
또 다른 내 행위의 엔돌핀

정상 주변 맴돌다 내려가는 하산길 끝자락
도선사부터 우이동까지
연신 허리 숙여 입맞춤
이것이 오늘 내 손길이 하는 일

## 고뇌 ('23. 5. 22.)

바람이 불면 부는 대로
꽃잎이 날리어 앉으면 앉는 대로
그곳이 내 발자국

무엇을 쫓지 않고
흘러가는 강물의 물줄기를
억지로 바꾸지 않고
흐르는 그곳이 내 자리

고귀한 다이아나 황금이 되기보단
지금은 그냥 먼지이고 싶은 마음
정착하지 않고 두둥실 맘껏
흘러가는 개울가
나뭇잎 배 되어
자유로운 길이 내길

무게감 내려놓고
뒤돌아보니 오히려 보이더라
내 갈 길이

# 5월의 꽃잎('23. 5. 23. 7:00 AM)


꽃내음이 코끝을 감싸고
스며들어 전하는 향기에 멈추어선

휑하니 꽃잎이 날리어 떨어지는 것만 보다
이렇게 멈추어선 5월의 한낮

이제라도 이 향 내음
내 것 되어 내 가슴 속에
자리 잡으니 한껏 차오르는 마음
놓치나 했는데 스쳐 가지 않고
맘껏 누리는
꽃잎들과의 만남 속에 흩날리는
꽃잎 따라
나도 춤추며 시나브로
무르익는 한나절

# 다림질('23. 5. 25. 오전)

꾸깃꾸깃한 옷 주름
착착 편다
스프레이 뿌려 촉촉이 적시고
한번 스윽
달궈진 다리미 스윽 지나갈 때
평평히 펴지고
한 번 두 번 세 번 스윽 할 즈음
맨질맨질한 옷이 된다

삶의 한 페이지 다리고
문지르듯 접힌 곳 펴지고
애환은 녹아 없어지는
언제나 새 출발선 만드는
상큼한 다림질

# 다림질 2('23. 5. 26. 오전)

꾸깃꾸깃한 옷 주름은
거친 흔적
펴지는 다림질
아픈 기억도 목마른 기억도 잊혀진다

한 번 스윽 지나가면 과거 청산
두 번 스윽 지나가면 미래 계획
곧게 펴진 맨질한 옷 주름은
세 번 스윽 지나칠 쯤
현실과 마주친다

제자리 돌아온 새 옷깃 세우고
고개 든 자신감
다림질 속 일구어진 미작
스윽스윽 다림질은
새 영혼의 탄생

제5장

언제나 따스한 감성으로
세상 들여다보기

# 아가잠 ('23. 5. 26.)

해맑은 얼굴
한껏 머금은 미소
하얗디 뽀얀 살결은
보는 것만으로도 평화

살포시 귀를 갖다 대니
새근새근 숨소리
평온의 피아노 선율

배시시 고개 돌리며 웃음 띰은
색다른 꿈속 여행 중
보고만 있는데 잔잔한 호수가 온 듯
뺨치는 홀림은
때 묻지 않은 영혼의 마력
온 주위가 평온한
이 순간은 나도 아가

## 잭팟('23. 6. 10.)

회색 구름인데 예쁘게 보인다
비가 갠 후인데도 하늘은 아직도
한껏 비를 품었던 모습 그대로
아침 인사를 하고 있다

엉키고 엉켜있는 흰 구름 회색 구름
사이로 무언가 잭팟을 터뜨리듯
간열한 빛이 새어 나온다
그 틈이 점점 열리며 파란 하늘이
미소를 보여준다

싱그러움 솟아나는 아침
출근길 하늘의 변화처럼
오늘의 나도 일상에서 잭팟을 터트리자
존재하는 오늘이 의미 없이 묻히지 않도록
모든 잭팟을 터트리자
인연을 스치고 잊히는 존재 아닌
기억하는 날이 되는 잭팟
촘촘히 쌓이는 잭팟을

## 팔당 브래드 쏭 카페
## 구십 엄마의 차 한 잔('23. 6. 10.)

편안한 얼굴

근심 걱정 사라진

그 많이 하던 자식 걱정도

감추고 흐르는 북한강에 내려놓는다


창밖에 소나무가 삼재미를

뽐내고 산 아래 보이는 강물에

구십 년을 살아온 내 모습도 녹는다


그냥 자연의 아름다움 앞에선

누구나 작아진다

나도 바람결에 세상을 등질 날이

어드멘지 모르지만

오늘의 차 한 잔과

빵 한 조각

창밖을 바라보고 북한강을

즐겨보는 휴식은

젊은이들 못지않게 달콤한

시간이다

오늘 같은 날이 또 올까~

# 시간아

시간아 왜 멈추어 있니
무얼 보고 멈추어 있니
멈춘 적 없어요 한 번도
멈추어 있다고 느낌은
멈추고 싶어 하는 이의 느낌이지
똑딱똑딱 언제나 멈춤 없이

# 아가 하품 ('23. 6. 20.)

스물스물 감기는 눈
있는 힘껏 입술 쫘악
온 세상이 내 것인 양 집어삼킬 만큼의
입이 되고
바로 오므라들지만
처음 하품 세상에 많은 사연을 삼킨다
두 번 하품에 삼킨 사연은 정화되고
세 번 하품에 고요히 찾아드는 평화
아가 하품 행복의 끝선

## 플로킹 ('23. 7. 11. 아침)


아름다운 손길이 머무는 곳
휴지 님, 플라스틱 님 제멋 내며
자리 잡고 계시다
소리 없이 사라지시고
더없이 찾아오는 산길의 평화


녹음이 짙은 산 따가운 햇살이
내딛는 발걸음
내 호흡 리듬을 깨기도 하지만
아주 잠깐이고
바삐 움직이는 손길에 채워지는 봉지에
소리 없이 피어오르는
가슴속 함박웃음
이마에 흐르는 땀 속에 미소

# 둘이 좋다 ('23. 7. 15. 오후 아차산에서)

조용한 건 좋으나
혼자보다 둘이 좋다

투닥거림이 있어도
잠시일 뿐 혼자보다 둘이 좋다

즐거움이 자리할 줄 알았는데
외로움이 자리하네
홀로는 즐기는 것이지만
고독하다
둘이는 타협과 협조를
구하긴 해도 고독하지 않다

혼자 있음 그냥 혼자가 된다
둘이 있음 무조건 혼자보다 낫다

# 의자 ('23. 7. 22. 오전)

우리에 삶이 단내가 날수록
쉴 자리를 찾고 또 찾는
기대고 싶은 이 없을 때
기댈 수 있는 나만의 껴안음
나의 애증 다 들어주며 토닥이는
편안한 나의 친구
언제나 홀로된 외로움이
이 앞에 있으면…
덩그러니 달랑 하나가 아니고
풀숲에 앉으면 풀잎 의자
나무에 앉으면 나무 의자
박스 만지던 손 멈추고
고단한 허리 펴며
박스 위 앉으면 박스 의자
힘든 고뇌 다 안아주며 벗 되어주는
세상이 만인의 의자 내 쉼터

# 의자 2(´23. 8. 20.)

쉴 수 있는 자리
언제나 누구에게나
허락을 구하지 않아도
내 앉아 멈추어 쉬고 싶을 때
쉴 수 있는 자리

네 덕에 내가 웃고
내 덕에 네 가치가 있고
이렇게 우리는 공존하며
순환하며 내주고
채워주고
이 자리서
자리다툼하지 아니하고
응원한다

# 혼밥 (`'23. 8. 20.)

요즘 유행
언뜻 외로워 보일 듯하지만
보는 눈에 따른 변화일뿐
나는 나만의 즐거움에 빠져

어느 때보다도 소화 잘되고 즐겁고
주변 신경 안 써서 자유시간
진작에 진작에 해볼걸 처음엔
주변 눈치 두리번두리번

해보니 나만의 더없는
오감 만족
이 시간이 나의 만찬
최고의 만찬

# 구름('23. 8. 20. 12:00 AM)

높이 있고 싶어
내 발 아랜 개미처럼 보이네
내 위에 있는 파란 물결은
나를 발밑에 놓고
내 옆 친구들 뽐내어 그림 그리고
내가 그린 그림이 최고다
기세등등 외치네
하얀 뭉게구름 백인 구름
솜사탕
검은 구름, 흑인 구름, 초콜릿색 빅파이
곰 구름, 토끼 구름, 거북 구름 갖가지
동물 구름 자랑질
그래도 으뜸은 내 마음 싣고
두둥실 떠 있는 뭉게구름

바람이 불면 부는 대로
흘러가도 제자리 찾는
가장 흔한 구름 뭉게구름 구름

## 코스모스('23. 9. 3. 2:00 PM)

바람이 부는 대로 살랑살랑
누가 봐도 여리고 가냘프다
꽃잎 깃대가 저리 여린 것은
여인의 모습인가

바람이 부는 대로 흔들흔들
빗방울 똑하고 떨어지는 물기 꽃잎에
닿기 무섭게 흔들흔들
저리 여린 것은 여인의 마음인가

바람이 부는 대로 나는 자유
센바람엔 깃대가 꺾일 듯 휘어져도
되살아나고 작은 바람에 그 힘대로
하늘하늘
저리 자유로운 몸짓은 나만의 자태

코스모스 꽃잎을 보면
코스모스 깃대를 보면
코스모스 하늘거림은 보면
떠오르는 소녀의 순수한 숨결

# 침묵('23. 9. 3. 2:00 PM)

시간의 멈춤 아니지만
내 표현의 멈춤
움직이지 않는 것이 아니라
움직이며 조용을 유지하는 건

행동이 멈춤이 아니고
토해내면 더 아프기에
내면에서 삭히는 것

침묵이 깊어지면
질수록
성장하는 내 자아

# 운동화 끈 ('23. 9. 3. 2:00 PM)

동그란 구멍에
마주 보는 위치에서
내가 꼬여져 나갈 때
반대 구멍에서 인사한다
엑스 자로 선 구멍에선 손을 내민다
손 내미는 엑스 자 건너편
그 엑스 자에서도 미소 지으면서 환영한다

이리 여러 번 반복되다
끈끈하게 질서 있게 엉겨진 우리는
운동화 끈
큰 몸짓 균형 있게 잡아주는 끈

이리 소중한 역할이 있으매
하찮은 듯 보였던 나는
큰 몸짓의 당당한 주인
내가 있어야 운동화가 있고
그래서 나는 예서 보석

# 각기 다른 아침('23. 9. 9. 산)

어스름한 기운 거치고
다가온 아침
거리에 차들은 분주히 오가고
지나는 행인들의 모습도 다양
어느 분 횡단보도 불 바뀌기 전부터
뛰고
어느 할아범 가득 실어 묶은
리어카 힘겹게 끌고
저 할멈은 작은 손수레에
에어컨 고철덩이 얹어 끌고 가다
끝내는 다 건너지 못하고
우당탕 도로에 흘린다
혼자 못 들 터인데
반대편 어느 할아범 달려와
바삐 거둔다
내 것이 어떻게 되는 것이 아님
관심 없는데
이 아침엔 양달이 있다
힘든 이가 힘든 이를 알아보는

# 터미널 ('23. 9. 13. 2:00 PM)


천의 얼굴이 있는 곳
백의 몸짓도 있고
만의 사연에 특이한 표정
자연스러운 곳

누구나 쉽게 드나들며
우리에 각기 다른 삶에 표정이
들녘에 고개 숙인 벼 이삭처럼 익는 곳

언제나 역동하는
삶의 그림이 펼쳐진 곳
아 여기…

# 새벽길 ('23. 9. 19. 아침)

어둠이 가시기 시작하는 미명의 아침
각기 다른 삶의 모습으로
분주한 시간

재활용 수집 트럭에 연실 더미를 던지고
잔뜩 쌓아 올린 리어카 줄을
동여매려 애쓰는 할멈
쌩하고 스치는 오토바이
가득 실린 신문 더미

여행용 가방을 끌고 정류장서
기다리는 웃음 띤 커플
허름한 작업복에 가방을 둘러메고
일터로 가는 버스 기다리는 이들

한낮과 같이 훤한 병원의 불빛
운동복 차림의 남녀노소
하루를 시작하는 새벽길
낯설지 않은 여러 모습 속
핸들 잡은 나의 모습도…

## 새벽길 2('23. 9. 19. 아침)

발바닥이 아스팔트 위를 걷고
쉬지 않는 몸짓
어둠이 아직은 지배하고
빛은 그 속을 엿본다
거센 숨을 토해내기도
묵상하는 이가 있기도
아침이 채 밝아오기 전
꿈틀대는 우리들
새벽길에선 열정
아침을 준비하는 선발대

# 가로등 ('23. 9. 23.)

아무 말 없이 비가 오나
눈이 오나 천둥 번개가 쳐도
늘 변함없이 자리를 지키고

신분의 높고 낮음도 초월하고
누구나 어두운 골목길엔 친구가 되어주고
차도에선 지쳐가는 모든 차 친구가 된다

인적이 뜸한 골목길
그 자태 유난히 빛나고
호수가 옆 산책로 어둠 드리워진 곳
아스라이 한 낭만을 품는다

# 웃음(´23. 9. 24. 새벽)

이렇게 힘이 난다
이것이 필요하다
이것 때문에 행복하다
늘 곁에 두고 싶다
늘 잘 받아들여야지
호호 하하 히히히

# 정거장('23. 9. 24. 새벽)


머무는 곳
웃는 이도 우는 이도 머물다 가고
아이도 어른도 할아범도 예서 잠시

힘든 이, 슬픈 이, 행복한 이
모두가 머물다 예서 잠시

눈이 오면 눈 우산
비가 오면 비 우산 되듯
멈춤의 시간 벗 되어
늘 누구나 머물다 가는 곳

# 아메리카노 (’23. 10. 1. 점심 스타벅스에서)

진한 밤색 물이 찰랑찰랑
깊디깊은 원통에
전봇대처럼 솟아 있는 그 님도 자태 뽐내고
친근한 동무 된 손길에 끌리어
스르륵 옮겨지고 놓인 자리
이제는 동무인 손길과 연인 된 입술이
흐뭇한 미소 머금고 깊이 파고드매
녹아내리는 내 마음
거부할 수 없는 사랑을 주고받고
내 힘이 다할 때까지
내게도 연인 그에게도 연인
또다시 만날 기약하지 않아도
언제나 또 찾아 사랑 주는
나의 벗

# 런('23. 11. 12. 10:00 PM)


숨 가쁜 토해내고 마시고
다리는 다리대로 팔은 팔대로
허리도 한몫하며
앞으로 차고 나간다

뒤돌아볼 시간 없이 초집중
숨 가쁜 이 멈추어지면
초시계도 멈추어지고
다리도 팔도 허리도 쉰다

아 일등이다
세상의 어느 것 부럽지 않은
단 몇 초의 엔돌핀
축하 꽃송이 하늘을 수놓고
떨어진 꽃송이
땅을 뒤덮고
온몸으로 맛보는
성취감
완주의 축배 잔의 희열
이래서 런을

## 화장지 ('23. 11. 14. 아침)

한 겹에 한 겹을 두르고 있을 땐
내 것이 될까 했는데
또 한 겹을 두르니
내 것에서 멀어진다
또 한 겹을 두를 터인데
그러면 내 손을 떠난다

또 한 겹을 두르라
주문하여 기다리는 이도 있으니
나와는 상관없는 일이 된다
주머니 속 동전 서푼만 만지작 만지작
하늘을 본다

## 세에타 ('23. 11. 14. 아침)

한 올 한 올 엮여있는 우리는 오누이
하나는 얇고 하나는 두껍지만
너와 내가 엉켜야 어여쁜 모습
너와 내가 틈이 없어야 따스한 바람막이
찬바람 쌩하고 파고들 땐
가냘픈 나는 얼음장
꼭 엉켜있는 덕에
금시 스르륵 녹고
나도 따듯 오빠도 따듯
우리를 걸친 주인도 따듯

# 어머니('23. 11. 18.)

물끄러미 바라보니 깊이 파였다
세찬 파고를 견디고 견딘 흔적
온몸으로 삶을 지탱하셨던가
이마에, 손등에
곱사등처럼 휘어버린 허리에
보면 볼 때마다 소리 없이 흐르는 내 눈물

작은 보통의 소리엔 되묻고
듣기 보조 쇠붙이엔 삐 삐 소리음
에 적응 안 되어 없는 것이 편하더라
큰소리 주문하시며 큰소리 이야기에
끄덕끄덕

내가 갈 때가 되었는데
그럼에도 60, 70 된 새끼 걱정
속썩이지 말아야 하는데
아직도 속썩이는 새끼 있어 그 덕에
오래 산단다

두 년 두 놈 중

큰 한 년놈은 구십인 이 어미 속을
아직 편히 못 가게 부여잡는 덕에
내 팔자가
이래 눈 뜨고 있는가

언제쯤 걱정거리 덜어줄 겨
정신 차려 좀 살거라 이놈들아
잘들 사는 거 보고 가고 싶다

# 낙엽 ('23. 11. 25. 설악 가는 버스 안 아침)

갈색 숨결이 파고든다
스산한 바람에 휑하니
팔랑이며 떨구는 모습이
쓸쓸함이 아닌 새로운 탄생

거리에 뒤엉켜 울어지고 웃어대는
그들만의 잔치
사각사각 스르륵 스스슥
짓누르는 침입자에게도
상큼한 감흥 주는 나는 낙엽

바람이 불면 바람결에
실려 자유로이 춤추는 나는 춤꾼
내가 모여있어 내가 밟히는 듯
하지만
내가 주고 싶은 영혼을 담은 선율
나를 즐기는 이들에 주는 선물